새벽을 깨우는 언어

송윤주 시집

문학공감 도서출판

새벽을 깨우는 언어

초판 1쇄　2020년 10월 26일

지은이　송윤주
발행인　김재홍
디자인　이근택, 김다윤
교정·교열　김진섭
마케팅　이연실

발행처　도서출판 지식공감
브랜드　문학공감
등록번호　제2019-000164호
주소　서울특별시 영등포구 경인로82길 3-4 센터플러스 1117호 (문래동1가)
전화　02-3141-2700
팩스　02-322-3089
홈페이지　www.bookdaum.com
이메일　bookon@daum.net

가격　12,000원
ISBN　979-11-5622-535-5　03810

CIP제어번호　CIP2020039743
이 도서의 국립중앙도서관 출판예정도서목록(CIP)은 서지정보유통지원시스템
홈페이지(http://seoji.nl.go.kr)와 국가자료공동목록시스템(http://
www.nl.go.kr/kolisnet)에서 이용하실 수 있습니다.

문학공감은 도서출판 지식공감의 인문교양 단행본 브랜드입니다.

송윤주 시인의 시 속에 내가 즐겨 쓰는 짧은 감성시가 있
어 반가웠다. 시인은 시적 조화를 지닌 보기 드문 시인이다.
압축의 시어들을 풀어나가는 힘이 대단하다. 감성도 충만하
여 시집 전체에 흐른다. 송윤주 시인이기에 힘 있는 글도 만
날 수 있어 좋았다. 과거와 현재를 오가면서 구사된 언어의
조화는 읽는 독자로 하여금 새로운 맛을 느낄 수 있게 만들
기에 충분하다. 독자들의 사랑으로 널리 시집이 전해지리라
믿는다.

−커피시인 윤보영

서
시

유빙이 유유히 흐르는 바다
어느새 푸른색이 도도하게 흐른다
황금 어장으로 불리는 장선포
바다 속 유기물 생명이 흐른다

새벽이 차오른 언어를 머금고
갯바람과 마주하며
잠시 너에게 쉼을 토한다

　시는 비유와 상징으로 언어를 스케치할 때 삶은 더 아름
답고 소중해진다.

　시는 시인의 관조적 자세로 사유의 확장과 시상을 도출해
나가는 창조적 산유물로 운율을 통한 비유와 상징이 때로는
낯설고 신선하게 다가와 거대한 조각품을 탄생한다.

　시집은 고향을 스케치하면서 바다, 바람, 별 그리고 하늘
을 닮은 우물을 담았다.

　언어로 고향을 스케치하고 삶을 표현할 때 숨을 쉴 수 있었
고 공기를 마실 수 있었다. 조각된 내면의 언어가 예술적인 아
름다운 건축물로 완성해 갈 때 나는 비로소 행복해진다.

목차

제1부 들꽃으로 핀 당신

제2부 시가 흐르는 곳으로

제3부 동심으로 그리는 우주 정거장

제4부 풍차는 쉬지 않고 노래한다

제1부 들꽃으로 핀 당신

새벽을 깨우는 언어

유빙이 유유히 흐르는 바다
어느새 푸른색이 도도하게 흐른다

황금 어장으로 불리는 장선포
바닷속 유기물 생명력이 흐른다

새벽에 차오른 언어를 머금고
갯바람과 마주하며
잠시 너에게 쉼을 토한다

하루 몇 번씩 밀물과 썰물이
마음을 훑고 지나간 자리

서녘 노을은 수평선을 삼키고
장선포는 그리움을 삼킨다

외딴집 동백꽃 붉게 타오를 때까지
마파람의 풍요로 차분히 사색하며
바람벽 둑길에서 보름만 시를 쓰자

고독했던 사람 행복하라고
별빛도 아스라한 새벽
밀물 위에 시 한 편 올려본다

나를 실은 파도

동해에 마음을 몰고 온 바람
나의 넋 입김을 넣어본다
철썩거리는 아우성 하얀 포말 그리며
비로소 굳은 피로 내려 놓는다

때로는 강렬하고 부드러움으로
안아 보는 방파제, 모래 훑는 신음소리
나는 너에게 너는 나에게
위안이 되는 휴식 같은 품이다

홀로 물살 지우며 찰랑거리는
파도와 모래 사이
온몸으로 안고 잠겨 죽어도
반가움과 기쁨으로 채우리

높고 낮음을 가르는 잔잔한 파문
밀물 썰물 따라 품고 품으리
낮부터 내린 하얀 빗줄기
밤새 네 뒷모습 너머
어디쯤 가고 있을까

어머니의 마늘밭

어머니와 삼일 밤을 보냈다
다리를 펴기도 굽히기도 힘겨워
마늘은 자식 사랑으로 기르고
어느새 노을은 마늘밭을 삼킨다

푸른 마늘은
어머니 허리에서 자라고
까치가 물어갈까 오가는 발자국 소리에
마늘은 어머니 다리에서도 뿌리를 내린다

저 밑 둥에서
갯바람 머금고 자란 남도 마늘
어머니 허리 굽힐 때마다
마늘은 더 실하게 자란다

처마 밑에 지저귀는 새들을 보며
혼잣말을 건네시는 어머니
'누군가 저 마늘밭을 가꾸면 좋으련만'
청춘을 다 부어버린 어머니는
오늘도 호미를 쥐고 계신다

손짓하는 봄 1

생명력이 들린다
저 깊은 곳에서

움트는 웃음소리 들린다
손짓하는 소리

바위틈에서 들린다
아버지 그리움 소리

아버지로 산다는 것은

그립다
당신은 최선을 다하셨기에
눈물 닦을 줄 아시는 당신

허공 벗 삼은 둑길
오로지 심장 하나로 버티며
산처럼 세상을 품으신 당신

어머니 사랑 가슴에 담아
바짝 말라버린 육신의 고달픔에
웃음을 보이신 당신은
천상보다 존귀한 분

아버지 뒤안길 그리움 사연되어
당신 눈물을 보았습니다

무한리필

늦은 밤 풀벌레 소리
목청 높여 반겨주는 개구리
외롭지 않더라

기다림 끝에 서 있는 별들
그리움에 사무치는 님도 보이더라

무거운 짐 내려놓고 엄마 품에 안기니
고향 흙냄새 배어 있는 정겨운 심장소리

옷고름 붙잡고 뒤돌아 눈물 적신
늦은 밤 밥상 무한리필은 사랑이더라

오가는 길 고생스러워도
가슴 움직이는 설렘

빛 고운 노을
황혼에 익어가는 고즈넉한 고향

엄마

들꽃으로 핀 당신

아버지 DNA로
꿈의 날개를 펼친다

그리워진 당신
기억 속에서 꺼내봅니다

심장 하나로 버티며
살아온 당신

말라 휘청거리는 다리
가파른 호흡 심장 박동

여섯 시간 달려온 119
아버지의 운명

호소한 눈동자 괴리
아버지의 마지막 수액

들꽃으로 핀 당신
사랑합니다

당신이기에

창공을 드리우는 수채화
당신 모습 담아봅니다

가시밭 걸으셨기에
꽃길 걸어봅니다

조건 없는 사랑이기에
꿈의 날개 달아봅니다

고독한 세월 견디셨기에
오늘 당신과 함께합니다

크신 사랑 주신 당신이기에
존경합니다

세월보다 앞서가신 사무친 영혼
당신이 그립습니다

손짓하는 봄 2

그리움의 사계를 넘어
고향으로 왔다

사선(死線)을 넘나드는 힘겹던 인생
인내로 지켜온 당신 뜰에는
봄을 그리는 새 꽃이 피었다

항구의 소식은 반가움의 시작이려니
불편함보다 가족의 사랑을
기쁨으로 승화하고
사계의 봄 다가서는 손짓으로
행복한 미소를 전한다

사랑도
그리움도
유채꽃으로 피던 날

핏줄이라는 인연으로

기일날 아버지라는 큰 산 앞에
서로 다름을 전하니
어찌해야 하나

기억함으로 섬기는 도리
아버지의 자식 사랑 끝없고
생전에 음성으로 다가와
웃음으로 반겨준다

핏줄이라는 인연으로
세월이 흘러 격식을 논하니
믿음도 다름을 인정해야 하고
소중한 시간 두 얼굴 보며

내일의 시간 앞에서
서로 하나 되어 가는
무지갯빛 사랑을 그려보는
아버지

곱고 고운 심성
팔순 어머니의 생각

백세시대 어머니 생각을 받들어
천사처럼 맑게 살고 싶다

봄은 어머니 시린 가슴으로 와

편지 한 장
하늘에 닿으면 좋겠습니다

꿈도 심성도
당신이 목 놓아 기다리던 긴 여정
대신 걸어가려 합니다

당신의 뒤안길 눈물 모아 심어 놓은
순백에서 붉은빛으로
찔레꽃 무성하게 피었습니다

어머님은 깊은 상처로 피어난
찔레꽃을 보며
'저놈의 몹쓸 꽃
심장 터지게 또 왔네'

봄은 어머니 시린 가슴으로 와
눈가에 매달린 언어
바람으로 날려 보냅니다

실종된 시간

목마른 대지에 빗줄기 밀어내고
서로의 숨겨진 안부를 묻는 병실

휠체어 타고 들어와
두 발로 걸어 나가기도 하고
두 발로 걸어 들어와
휠체어 타고 나가기도 한다

인공수술, 폐렴, 청력중도, 배뇨지연
우울증, 당뇨, 선망증세, 혈압
기력이 다 소진된 병상의 하루

대롱대롱 지지대에 걸어둔
링거만 바라보신 어머님
한 방울씩 떨어진 수액은
어머님 실종된 시간의 눈물이다

죽을 쑤어다 드린 지 일주일째
입맛이 맞는지 조금씩 드신다

겨우 정신을 차리신 어머님
간병인 대신 어머님 수발을 든다

가슴 저편에
맑은 눈빛
고요한 눈빛
흔들리는 눈빛

기억 속에 갇혔던 회한의 시간을 실어
어머님의 실종된 시간을 찾았다

지팡이

푸른 날 나무로 걸어와
다리가 되어준 지팡이

천 길 만 길 걸어도
마다하지 않는 무언의 삶

어제보다
더 맑은 강물
징검다리 앞에서
자식들 줄지어 업자 한다

내일이 있기에
꽃길만 걷자 하는 지팡이
어머니 손에 꼭 쥐여 주었다

어머니의 죽

어머님 병문안 가려고
기력을 회복하는 죽을 쑤었다

전복도 넣고 낙지도 넣고
갖은 야채 양념도 넣었다
바다의 맛이 나지 않았다

생각해 보니
어부의 마음을 빠뜨렸다

보금자리

정처 없는 세월을 기다리는 것은 아니다
어릴 적 바닷가에서 그리던 인생도
자식을 품에 안고 하늘가 웃음을 지으신
당신의 모습조차도 가을바람에 겨워
풍년을 기원하는 서정적인 바램에서
서걱대는 다리를 이끌고 힘겨워 산다는 것
온전한 품으로 대지를 바라보듯
깊이 찾아든 살아감의 기본을 보인다

생명의 탄생보다 기다림의 미학
옹기종기 추억으로 지난날 회상하다
당신이 주어진 보금자리 떠올리면
고흥, 바다, 사랑, 인정과 훈훈함 깃든 곳

시야를 들어 천지를 살피듯
존재감보다 현실을 직시하고
보석처럼 헌신하던 그리운 활화점

갯바람 불어오고 시원한 가슴 열어 줄

눈물짓는 인생 여막에 서서

탄탄대로 육신의 고달픔도 잠시 내려놓고

긴 생애를 드리우고 넌지시 바라보고 계시는

아버지

사립문

바람 불면 부는 대로
그냥 열어 놓으세요

아픔이 오고
그리움이 오고
고독도 오겠지만
그냥 쉬었다 가게 하세요

세월은 머물다 가지 않겠지만
당신의 사랑 머물다 가겠지요

민들레

7월 마지막
억새에 바람 깔고
그리움으로 앉는다

하얀 가슴에 씨앗 하나
기다림의 한 줌 흙으로 덮어
근심의 골마다 영양분을 발라
거친 손 마디마다 뿌리내린다

굽은 허리에 줄기 내린
인고의 갇힌 나날
하늘에 뿌려

은빛 머리 풀어
낮은 곳으로 내려와
달빛 그림자로 피었다

흙으로 앉은 아지랑이

맑은 햇살 산마루 길 따라
마음에 창문 하나 내어본다

아지랑이 산 그림자 타고 내려와
흙으로 앉아 바람을 감으며 달린다

따사로운 햇빛
핏기없는 얼굴 입맞춤하고
햇살 감으며 달린다

강줄기 따라 조약돌
그리움 꺼내니
굽은 도로 종착역
갈댓잎 속삭임

어서 오너라

산야초 동산

메뚜기 뛰어노는 산야초
바람도 놓아버린 장막에
가을 햇살도 숙연하다

육 남매 둘러앉아 잡풀 뜯어 잡고
산들바람 황혼을 밀어내고 있다

밤송이 톡 떨어진 즉흥적 소풍
검정 봉지로 풍성한 가을 담아내고
천고(千古)의 울림 산야에 핀 꽃
눈물짓는 인생 여막에
육 남매 동산

고달픈 삶
저 산 넘어 고향에 풀어내고
숲속 바람 들려오는 메아리 소리
부모님 미소에 코스모스도 춤을 춘다

가을 아이

가녀린 연분홍 황금빛 가로수
햇귀도 구름 업고
세상 한 바퀴 물들였다

흔들린 바람 거부의 몸짓
손에 쥐어진 하얀 손수건
가을이 떨어진다

하늘가 은하수길
무거운 지구도 떨어진다
손끝도 떨어진다
생각도 떨어진다

차가운 바람 등에 지고
추락을 안아 준다

그 누군가가

첫 월급

흰 마음 위 고명 올리고
한 상에 둘러앉아
육 남매 행복하고 건강한
기도를 드린 어머님

음력 첫날
서로를 주고받은 덕담
최연소로 입사한
외손자 세배드린다

빨강 내복, 자동 마사지 선물과
잉크가 아직 마르지 않는
첫 근무한 월급
두둑이 넣어 용돈을 드린다

화답하는 어머님 세월의 흔적을
애써 너그러움으로 지워본다

부모를 공경하는 마음보다
더 풍요로움이 어디 있을까
달빛보다 더 아름다운 딸 채연(採然)

주말 기러기

'무얼 먹고 싶니'
시장바구니 들고 나선
남편 모습에 강아지도 꼬리친다

'무얼 먹고 싶니'
레시피 보는 남편
뚝딱 도마 소리 희망을 넣고
갖은 양념 추억을 넣어
보글보글 넘친 소리
부뚜막 장작불 소리다

와
'무슨 맛일까?'
아이들은 아빠의 사랑을 먹고
남편은 가족 칭찬을 먹는다

'뭘 먹고 싶니?'
한 상 차려낸 가족 레시피
주말 기러기는 다음 주를 기다린다

그저

산과 들에 봄이 왔지만
몸은 어디에 둘 곳이 없다

가까이 다가갈 수도 없고
더 가까이 갈 수도 없는

그저
바람 사이로 드리우는
당신을 바라볼 수밖에

깻대

마당에 가지런히 누워 있는 8월
붉은 한 줌, 바람에 털어
전봇대에 걸린 석양에 담긴다

굴뚝 사이로 피어오른 침묵
뿌리는 지혜의 입으로
토실한 알곡을 맺어

세속의 부유물들로 씻겨
서서히 몸을 데운다

어둠 속
소리와 소리가 모여
반딧불처럼 빛을 낸
고소한 향

어머님의 힘과 사랑이다

부르고 싶은 이름

하늘과 바다가 펼쳐진
황금 모래알로 음표를 그렸다

봉두산 산자락 아지랑이
목도리 감고 내려와
부르고 싶은 이름
둑길에서 걸었다

제2부 시가 흐르는 곳으로

시가 흐르는 곳으로

바람, 햇살 손을 잡고
풀꽃으로 설레게 하는 너는

마음을 열어 인생을 담고
의미를 두어 세상을 바라보는
나를 발견하게 하는 소중한 존재야

넌 내겐 기쁨을 주고
충만한 시어들의 축제로
하루라도 너를 품지 않으면
나에겐 아무런 의미가 없어

넌 내게
풀꽃 같은 시어로 열어가는 여행이야

보석함

조선의 행정구역으로 불리우는 거리엔
사람보다 끌어당기는 마력이 있다

단아하고 우아한 오색 빛 거리
살아 숨 쉬는 전통문화의 장

매화꽃 줄기 타고
생명력을 불어넣은 나비 한 마리
능선 타고 온몸을 휘감아
붉은 생명력이 흐른다

잘게 부서진 희생 끝으로 탄생한
자개 보석함
오색 실선을 두른 자태
시선 따라 혼을 담는다

도장

남산 문학대회
발대식 협약 맺던 날

거리엔 문학이 흐르고
생각대로 꿈을 새긴다

희열을 두르고 탄생한
자작나무 속 이름 석자

쉼표로
인사동 거리는 화답한다

하늘가 매화

길 따라 봄을 손짓하는 봉우리
입에 물고 하늘가에 오르네

겨울나무 옆구리에 살며시 내밀어
바람 타고 오는 겨울 사이로
인고의 세월 칼바람 머금고
살포시 그림자만 남기고 가는가

천황역은 오늘도 달린다

하루를 맞이하는 분주한 움직임
지퍼 열리듯 나오는 사람들
나를 말아 다시 줄 칸에 실었다

하루를 여는 소리
안부와 정보를 주고받는 소식들
관계와 관계의 징검다리가 되어
스마트폰 시대를 연다

영혼이 담긴 기대
감동과 비전을 공감하게 한다

정거장마다 목적지를 알리는
반복된 승무원 소리
겨울을 가득 채운 칸 칸마다
급하게 내린 환승역
구입한지 얼마 되지 않는
붕괴된 영혼

역전마다 유선을 통해
도움을 청하는 소리
50% 희망의 메아리다

담당자와 마주한 시간
CCTV 50% 희망을 안긴다

이른 새벽 전화 벨소리
주인을 기다린다는 소식이다

습득된 노트북 품에 안겨주고
인심이 깨어있는 세상
천황역은 오늘도 달린다

크랭크 인 남이섬

북한강이 바라보이는 크랭크 인 남이섬
설렘과 끌림이 있는
낡은 벤치에 앉아 봅니다

시시각각 변하는 이곳
봄은 설렘으로 찾아옵니다

여름은 싱그러움으로
가을은 시가 되어
겨울이 신비롭게 찾아옵니다

짧고 뜨거웠던
순백의 따스함을 그리는 추억으로
관광객들 줄지어
키스 벤치에 포즈를 취하고
추억의 책장을 드리우는
정취를 흠뻑 자아냅니다

메타세쿼이아 가로수 소중한 시간들
가슴 녹여주는 호수 같은 강
경춘선 따라 철로 위
다녀간 사랑 굳어 있습니다

자유롭게 누워있는 고목나무
걸터앉은 여인들의 가슴에
마주 보는 눈 모닥불 타오릅니다

강의

겨울 찬바람
앙상한 가로수 너머로
열정을 실었다

배움이란
목표가 있고 그리움을
준비하는 사람들
무엇을 꿈꾸고 있는가

유능한 명강사
삼 년 오 년 탈고 끝
세상 밖으로 선보인 글들

생생한 삶의 현장으로
말의 무게를 실었다

감동이라는 합창소리로
소중한 시간 나누기는
성장이란 옷을 입혀 주었다

미아가 된 시간

겹겹이 싸인 나이테
질긴 껍질의 시간
관계와 관계를 넘는다

깊이 묻어 두었던 무언의 소리
아물지 않는 박동소리 누르고 누른다

하얀 거짓말 뽑아낸 인공 눈물
겨울바람 타고 들어온다

저녁을 파먹는 시간
미아가 된 꼬인 호선들
가느다란 붉은 실선 움켜잡고

오늘을 접고 내일을 펼친다

급난지붕 急難之朋

개구리 혀로 창조의 소리 내는 날
술 먹고 밥 먹고
형이니 동생이니 술잔을 기울이는
주식형제(酒食兄弟) 공간

어렵고 힘들 때
함께 하는 친구들
급난지붕
힘이 되어주는 친구들이다

술 먹고 밥 먹을 때
형이니 동생이니 하는 친구는
천 명이나 있지만
급하고 어려울 때
도와줄 친구는 없지 않는가

사람이란 변덕이 심하고
간사한 존재
추워져야 소나무 잣나무
시들지 않은 것을 알 수 있듯

힘들고 어려울 때
진정한 벗을 알게 한다

꽃마루

자연이 빚어낸 오솔길
강 건너 수놓아 기다린다

꽃과 잎
해와 맞춘 빛깔

물안개 오른 가지 끝 향내 오르고
강렬한 볕에도 붉은 외투를 입는다

그루터기 따라 남쪽 동백꽃
정다움 반기고

한아름 안은 자태로 여린 잎 올려
내 마음 주단 깔고 꽃마루 펼친다

겨울 수정

지구촌 세상
하나 둘 빛으로 구슬 꿰어
은하수 천공을 향해 손짓한다

떨고 있는 겨울
북두칠성 머리에 두르고
쌍둥이자리 감싸 안는다

손과 손 마주 잡아 수정들로 태어나고
돌고 도는 한마당 은하수 축제

고즈넉한 마을
정적을 깨우는 소리
강 건너 희망으로 드리운다

이별

언제나 찾아 왔던
삶의 물결 역류하는 날

회오와 자성으로
따라오는 생각

꿈과 희망
여울 물소리 그윽하다

앉은 채로 보내야 하는
한 해 마지막 날

빈 의자

길들여진 공간
정해놓은 관념

특별한 사건 아닌
체념을 배우고

비우고 채우는
나를 알아가는 방법

나지막한 공감 메시지
삶을 누벼온 시간들

머릿속에 박힌
도덕적인 것과 비도덕적인 것

나에게 맞게 사는 것 없고
틀린 게 없다는 것을

마음의 허기를 느끼는 것은
아직 채워가는 젊음이 남아 있다는 것이다

운명

꿈을 품는 시선
빛을 바래봅니다

문인의 삶으로 시작되는 고뇌
운명이 정해주는 길
그저 따르기로 했습니다

걷다가 힘겨운 짐이 생기거든
의자 같은 삶의 여행으로
잠시 쉬었다 가겠습니다

오롯한 빛으로 바람이 되어
온전한 세상 빛으로 당신 앞에
향기로 피는 꽃이 되렵니다

창조

허공에 맺어진
조각과 조각의 만남

각자 성질의 대립
가치를 형성해 간다

생각과 생각의 힘
나란히 융합되어
보람과 큰 행복으로
오늘을 채워간다

벽화에 걸린 초시계

맞지 않는 구두를 신고
선과 악의 통로에서
공허한 마음이 공존하는 길목

영토의 잔잔한 심성은 보이지 않는다
누구를 위한 공간과 시간의 배려인가

서로의 잔에 가득 채워진 거품들
민들레 영토의 오감은 쓰고도 쓰다

바늘은 없고 실타래만 쌓여만 가는
긴 겨울밤
벽화에 걸린 초시계는
한 가닥 생각으로 걸어 나온다

바람이 자른 가로등
겨울비가 멈춘다

여고 동창

압구정에 친구가 있다
감사를 사랑으로 안은
한 울타리 안의 우리

건배 30년 우정을 담아
소확행으로 거듭난
여고생 겨울 이야기

오감을 자극하는 맛과 향
데코의 종합 예술성
한우리 친구들의 인생이다

한 살로 다시 태어난 가이, 현미
고통을 행복으로 디자인 한다

배려와 나눔의 자리
여고시절 빛으로 물들다

봉천동에 굴리고 싶은 바퀴가 있다

꽃 발걸음 다가가는 소리
목기러기 첫 만남
창문 사이로 코스모스 향내 드리운다

오목한 커피 잔
홀로 저은 찻잔
고향으로 반기신 선생님 얼굴

술술 풀어 놓은 50년 문인의 삶
가을바람 추억을 그리며
오랜 친구를 만난 듯 정겨움 가득하다

보름달처럼 풍성해진
행운 같은 동화이야기
꽃씨 닮은 아이 얼굴
봉천동에 굴리고 싶은 바퀴가 있다

당신의 옷자락

어디선가 내게 들리는 음성
소망을 발견합니다

하늘의 기쁨과
나를 부르는 소리
샘물처럼 흐르는 평안입니다

누르는 근원 발견하고
깊은 절망에서
날 자유롭게 하는 날

당신의 옷자락으로
날 덮으신 참 사랑입니다

나를 사랑하는 방법

해야 할 일을 뒤로 미뤘다
심장이 두근거리고
고도의 스트레스를 받는다

시간이 됐을 때
다른 일보다
먼저 그냥 해버리자

힘들 땐 천천히 가도 괜찮지만
내 존재를 필요로 하는
이유와 가치를 느끼게 하는
나를 사랑하는 방법이다

전철에 두고 온 빈자리

생각과 마음을 두고 왔다

생각을 채우고

마음을 비우는

너는 나의 빈자리

남이장군

통금 시간과 배 시간의 울림은
평생 연을 맺게 하는 고동소리로
남이장군 반깁니다

을씨년스러운 섬나라
수만 리 마다하지 않고 찾아온
빙벽의 얼음탑 승화되어
남이장군 반깁니다

노래의 박물관에서
선물 같은 음악을 꿈꾸며
비파와 동화됩니다

북한강 따라 흐르는 빙하
하루 이틀 목 놓아
눈사람 되어
당신 반겨줄 등불 됩니다

남한산성

역사가 살아 숨 쉬는
민족의 숨결을 지켜 낸
느티나무 450년

구절양장 오르고 내리는
반복된 비탈길
순탄하지 않았던
병자호란 조선시대
역사와 마주하는
민족의 길

어둠을 밀어낸 장벽 아래
아름다운 민족의 혼

둘레길 따라
역사를 품고 호흡하며
세계 자연유산으로
살아 숨 쉬는
역사의 장

묵언 수행

찬란한 오색 빛 접어두고
산등성 흰백으로 와
앙상한 가지로 앉는다
두 손 모으고
하늘 향해 기도하며
새 생명 잉태시키려
티 없이 흘러가는 구름 잡고

불어오는 호랑이 발톱에
인고의 나날들
온몸으로 덮는다

잃어버린 너를 찾기 위해

벨리키슬랍 폭포

유네스코 크로아티아 자연유산 폭포
바라만 보아도 빛이 떨어지듯
바람 끝 잡고 비단결 나린다

수십 년 침묵으로 모아온 풍경
나무 발가락 사이에 사계절 아려도
바위 끝 품어내는 강렬한 입김

비발디 협주곡 3악장 품어내고
태고의 원시림, 고요하게 웅덩이로 와
요정들 춤을 춘다

표면에 갈라진 틈
빛줄기 스며들어 제각기 조각들로
무지갯빛 지구촌 하나로
아바타의 원시적 모티브 트레킹

호수에 마음 씻고
디카 속 주인공으로 넋을 묶어
아마존강으로 흘려보낸다

아드리아 바닷가

고요한 새벽 산등성 아래
창문 하나 내어 고즈넉한 벤치로 와
깊숙한 너에게 그리움 내려놓는다

운치 있는 빗방울 귓볼에 내리고
도바르단 음절로 변화, 추억을 벗 삼아
한 줄 시로 엮어 흐르는 천사의 머릿결 실어
그대에게 보낸다

지중해를 자랑한 사이프러스 가로질러
실오라기 걸치지 않은 아드리아
갈급한 소식
강렬한 태양
온몸으로 휘감는다

천년의 눈물

살아 천 년
죽어 천 년
수직 낙하로
생에 점을 찍어
홍화문 연못에
밤마다
몸을 풀고 있다

성종 임금
그리움 주목되고
천년 눈물
연못 되어
창경궁
두 뿌리 내렸다

묵언의 눈빛

율리앙 알프스와 카라반케 산맥으로 둘러싸인
고렌스카 마당에서 바라보는 숨이 막힌 전경
은빛으로 펼쳐놓은 블레드 호수
플레티나 보트 브레드성으로 노(櫓)는 날개를 편다

매력적인 거대한 성벽
신랑은 신부를 안고
99개 계단 올라 묵언의 눈빛
함께라는 이름 앞에 서약한다

금으로 두른 성

신이 내린 밧줄로

힘껏 당긴 종소리 성벽을 타고 오르고

하얀 드레스 산안개처럼 풀어헤쳐

너를 감싸 안는다

제3부 동심으로 그리는 우주 정거장

세뱃돈

웃음 가득 품에 안긴
해맑은 눈동자
천상으로 내려온 귀한 아이들
황금빛보다 아름다운
선율을 보인다

아이의 세배
천고의 시간을 주어도
아깝지 않을 가르침의 고수
예절도 최고급이다

메뉴와 메뉴얼의 만남
그 안에 자리 잡은 순수한 미래
세뱃돈을 만지는 아이들 시선은
춤을 춘다

손길

똑똑똑 문이 열린다
나란히 줄지어 온 미소

현실을 직시(直視)하고
태어난 날
노래와 박수로
꿈을 그리는 평온을 찾는다

마음으로 담은 손길
서광이 비치고
촛불은 미래를 연다

감사는 감사로
사랑은 사랑으로
묻고 답하는 꿈맞이

미소로 채워가는 소중한 시간들
내일을 행복으로 열어가는
아름다운 빛이다

도우누리

사람과 마을을 돌보는 핵심가치로
혼자가 아닌 소통하는 세상을 열어본다
협동으로 웃음꽃 피우는 도우누리

어린이집에서 보는 웃음은 희망의 놀이동산
구청에서 보는 기쁨은 더불어 살아가는 동력
어르신의 풍기는 후덕은 존경의 표시

아이부터 고령에 이르기까지
지역 사랑 전통놀이 체험 공간은
신구 조화가 어우러진 축제다

스승

고마운 날
감사한 날
스승은 미래고 빛이다

부르고 따르는 날
어느새 훌쩍 컸는지

함께 격려하고 이해하는 날
가르치려고 하는 스승보다
배우려는 이치로 길을 걷는다

새빛섬

경험을 통해 상상력이 풍부해진 아이들
작은 알맹이 주어 방앗간에 붓는
가을 농부 추수를 거둬들인 모습이다

바쁘게 움직이는 고사리손
빼꼼 내민 엉덩이 햇살에 입맞춤하고
새빛섬 물살 위 수채화 그린다

숲속 아이들

아차산에서
싱그러운 신록 아이들을 부른다
꼬물꼬물 올챙이
작은 연못에 시선이 머문다

부드러운 나뭇잎 사이
물풀을 먹고 자란 올챙이
세상 밖으로 나올 연습을 한다

숲속 오감을 통해
나뭇잎 줄기로 맛을 보고
누군가 가르쳐 주지 않아도
솔방울로 농구하고

각각의 자연물로 연못 만들어
뱀아, 뱀아 술래잡기하는
숲속 놀이터에서 아이들은
세상을 찾아간다

어린이날

아이들 줄지어
꽃잎 위에 나비 날고
나들이 페인팅
꿈맞이 동산이다

해맑은 장애인 마술단
솜씨 자랑 감동으로
환호와 박수를 받는다

종이 꽃대에서 꽃을 피우고
하얀 손수건 무지개다리 수놓아
창가에 햇살 입맞춤으로
아이들은 생각을 키운다

꿈의 날개를 품고
우주로 가는 길

묵시의 선구자

아이들의 입가에 미소가 있는 날
가을은 풍요로운 인사로 답례하고
채육대회 격려의 말씀
훈훈한 구청장님 인정이 살아 있다

화합하며 살아가자
묵시의 선구자로 축하하니
의정(醫政)은 만점 구정(區政)도 만점
구민들의 행복 속에
새로운 비전을 품는다

꿈을 찾은 눈동자
해맑은 얼굴들
웃음보따리 풀어 보인다

구민들 가슴 속
열정으로 보답하는 길
구청장님 하루 일과다

겨울 놀이터

꿈나무 잠든 사이
별들의 축제로 싸락눈 내리고

초승달 닮은 눈동자
동심으로 깜박거린 만큼
온종일 소복이 쌓인다

하늘빛 타는 천사들
하얀 비단결 담장 타고 넘어가
이웃집 할머니 온돌방에
웃음꽃으로 앉는다

햇살이 퍼져 가는 골목에서
따뜻한 인정이 오고 가는
구세군 자선냄비 종소리
이웃사랑 소복이 쌓인다

웃음소리

잘 익은 풍경
지혜의 웃음소리 들리고

차가운 떨림
아이들 웃음소리로
봄의 소리 들려온다

별빛 뜰

백지장에 꿈을 그린다
오늘은 무얼 담을까
쏟아질 것 같은 아름다운 빛

가득한 우주의 세계
꿈맞이 뜨락에서 지도를 넓혀간다

아침 이슬보다 영롱한 눈망울
해맑은 미소 사방에 창 뚫고
마을 음악회가 열린다

그렁그렁 고이는 별빛처럼
웃음 가득한 뜰 안

시의 뿌리가 되어
주인공으로 오른다

꿈맞이 운동회

무지개 구름다리 창공을 향해
이웃과 이웃 가을의 꿈을 펼친다

햇살 가득 안고 등장하는 태극기
한강 물살에 드리우고

가을꽃 운동회
미래의 꿈나무들 약속이다

긴 가락에 협동하는 고사리손
가르는 장막에 혼을 담아
우리 팀 이겨라! 외친다

영롱한 보석
햇살 머금고 힘껏 던진 고사리 힘
구름 사이 박 터진 음률 따라
춤사위로 분수처럼 넘실거린다

배려와 협동으로

한 지붕 세 가족

일곱 살 배턴으로

빨강 파랑 세 바퀴는

온전한 꿈나무 승리다

아이들의 꿈

오르지 못한 언덕이라고 말할 때
꿈은 손을 뻗어 말없이 언덕에 오른다

고개를 떨구면서도 서두르지 않고
나뭇가지 푸른 끈 놓지 않는다

푸른 잎
손에 손을 잡고
꿈을 이끌고 바위를 넘는다

돌부리에 넘어져도 다시 딛고
천천히 쉬지 않고 그 꿈을 넘는다

봄은 오는가

인적이 드문 바위틈 사이로
햇살 한 모금 머금고
봄은 무언의 소리로 태어났다

세월은 오고 가는 것
긴 겨울 언저리에
봄바람 불어도 녹지 않고
연무(煙霧)만 유유히 흐른다

저 산등선 아이들 웃음꽃 풀어
연분홍 꽃물로 물들여
구름은 강물 따라 흐르고

저 깊은 골짜기 수줍은 꽃망울
봄으로 안긴다

열매

고속도로를 질주하다
지붕이 환히 보이는 푸른 언덕
빨강 우주를 자랑하는 마을을 들여다본다

고랑 물이 흐르고
햇빛이 흐르고
농부의 땀이 흐른다

흙, 산소, 질소, 비를 받아
서로 의지하며 살아가는 우주 마을

한 알의 우주를 들고
나는 무슨 생각을 했을까?

별들의 지문

별이 손짓한다
수정을 품어서
별이 되었나 보다

저녁 들꽃이 춤을 춘다
별이 살포시 앉았나 보다

풀벌레 목청껏 노래한다
별들이 앉아 조명을 비추었나 보다

봉오리

작은 숲
탐스러운 자태로
깊은 물줄기 타고 오르는
불꽃 삼킨 이중식 활화산

품어져 나온 이동력 원소
깊은 골짜기 숨가쁜 감성으로
끓어 오르는 줄기세포

고르지 않는 심장 소리에
촉촉이 맺힌 정점으로
세상 밖으로 드리우는
생명체 봉오리

흙수저

응애,
엄마 문 열고
세상 밖으로 나오는 날

흙을 털고 들어온
할머니 품에 안겨
나는 흙수저가 되었다

아낌없이 주는 나무

흙을 사랑하고 나무를 사랑하는
한 알의 밀알로 진실을 가르치는
싱그러운 바람이고 싶다

숲속에서
산새 소리 부를 수 있게 하는
가슴속 깊이 내리는 눈물이고 싶다

햇빛과 바람과도 손을 잡고
작은 씨앗 하나 심어
아름다운 영혼을 소중하게 가꿔가는

아낌없이 주는
푸른 나무이고 싶다

제 4 부 풍차는 쉬지 않고 노래한다

풍차는 쉬지 않고 노래한다

새벽을 건너온 어선 사이로 바닷길 열리고
금빛 햇살 위로 새봄이 찾아온다

내려다보이는 고흥 앞바다
따뜻한 온정 도로로 포장되어
떠남의 사유 조각으로 떠돈다

어떤 이는 아린 추억으로 썰물을 붙잡고
어떤 이는 사랑으로
마음을 채워줄 밀물을 기다린다

육지보다 평온했던 어린 날
꿈을 심어 놓아
봄 길도 낮은 곳에서 품었나니
꿈꾼 자만이 옥귀섬에서 진주를 캔다

넘실대는 어부의 콧노래 가락에
그물에 팔딱거린 손길로
봄을 힘차게 캔다

가득 실은 보금자리
노을에 물들여지고
마주 앉아 출렁거리는 희망으로
풍차는 쉬지 않고 노래한다

사랑의 재건축

오래된 건축물 허물고
가슴이 뛰는 대로
도면을 그리고 설계한다

심장이 두근거리는 대로
햇빛, 바람, 손을 얹고

오늘보다 더 나은 내일을 위해
신념을 올리고
견고한 제방을 쌓는다

눈이 부신 재건축
사랑으로 안착시킨다

나에게 더 좋은 사람

사랑하면 그 사람하고
시간을 보내고 싶듯 시간을 보냈다

맛있는 것 사주고
보고 싶은 영화도 보여주고
경치 좋은 곳으로 데려가
시간을 보내게 해주었다

사랑하는 사람에게 공을 들이듯
나에게 공을 들였더니
나 자신에게도 더 좋은 사람이 되었다

히어로

클래식 선율이 흐르는 압구정
내일의 잔을 들자 하네

스멀스멀 꿈틀거리는 기억들
하나, 둘 녹이며 들자 하네

맛과 향이 가미된
예술적 감성

지천명 오답지 들고서
풀고 또 풀어 고치기도 하고

한숨 섞인 젓가락 삶도

그대 앞에 끄덕일 게 없어

모습만 바라보아도

고맙다 느껴지네

이제는

저울의 무게로 하기에도

충분한 시간 온전한

히어로

손수건

하나 되어 가는 감성 촉감들
꿈을 향해
보듬어 주고 안아주는 인생

멀리서 바라보지 않아도
그림자로 깃들어 좋다

기다리지 않아도
향내 머물러 있어 좋다

맘껏 꿈을 펼칠 수 있는
깃발이 있어 좋다

온전한 질그릇처럼
단단하게 만들어 가자

만남이란
서로를 바라보는
손수건이 아닐까

능소화

어쩜 이리 고울까
짝사랑 설렘 양반집 능소화여

길을 걷다 살며시 바라본
길섶 네 뺨 붉게 물들인다

천연의 자태
가야금 등줄기 타고 흘러
꽃무리 향내 피어오르는 그대

연분홍 물들여
가슴 적시는
세상을 바라본 그림자

낮과 밤 언저리에
긴 연의 실을 엮어
천공을 향해 노래 부른다

고흥 길

별, 바람, 바다
덜커덩 버스에 싣고
끼워 둔 추억의 빛깔을 꺼내본다

두툼한 호주머니
마당에 펼쳐두고
딱지치기, 고무줄놀이
웃음꽃 피우던 날

황금 모래밭
자음, 모음 놀이
세종대왕도 웃게 하던 날

이웃 마을 길이 되어
차가운 갯바람 등지고
하루를 마친 태양 아래

추억은 낙조에 붙여
고흥 앞바다로 시 한 편 띄운다

한 스푼

운치를 부르는
향기가 마음을 부른다

잔을 데우고
햇살 한 스푼
미소 한 스푼
마음 한 스푼
넣어 저었더니

우러나오는 향기가
바로 당신의 향기였습니다

오늘 내가

하늘 이고 바람 달고
가을을 담아보는 것은
그 얼마나 아름다운 일인가

오늘 내가
가을빛 단풍 분을 바르고
바람을 만나 추억을 만져보는 것은
그 어떤 일보다 소중한 일이겠는가

사람을 만나 웃고
황금 모래 빛 발자국 남긴다는 것은
그 얼마나 즐거운 일이겠는가

오늘 내가
감성을 만나 마음이 시키는 대로
시를 쓴다는 것은
고독도 어찌하지 못할 것이다

꽃잎에도

들어보라
바람 타고 저 깊은 곳으로부터
마른 가슴 웅덩이로 차오른다

밤새 두레박으로 나를 퍼 올려
작은 잎 하나 띄워
강물로 흘려보낸다

무성한 신록
꽃잎에 생기를 불어
나를 견뎌내는
시와 향기로 태어나라

하늘에 봄이 오면
가슴에 샘물이 고이고
아름다운 꽃으로 피어나
메아리가 들려올 것이다

음률

영혼을 불어넣은 네가
산바람처럼 스친다

생각과 느낌으로
음파처럼 귀청에 울리는 넌
나의 음률이다

거울

퇴근길 창가에 앉아
거울을 보았다

투정거리는 사람 두 사람
매달리는 사람 두 사람

다시 거울을 보았다
지혜로운 사람 두 사람
웃고 있는 사람 두 사람

잠깐만요

연수

여정 실은 직무연수
잡초 사이로 가녀린 들꽃
새 창을 낸다

늪 같은 기나긴 갈증
표정 없는 뾰족한 풀잎
이슬 머금는 너에게
마법의 솔루션에
손을 얹는다

넌 할 수 있을 거야
그게 바로 너야

심장 저 깊은 눈물 냄새로
함께하는 마음을 나눈다

너는
보석같이 빛나고 값진 마음이
석류 알처럼 영글어 있었으니

철길

뒷모습 보이지 않아도
그리워하지 않아도
서로 함께 가는 길

힘이 들 때 같이 쉬고
보고 싶을 때 볼 수 있는 길

길이 끝나는 곳에서도
길을 만들어 가는 길

보고 있어도 보고 싶은
당신이 타고 가는
철길 사랑

임시정부 100년

뜨겁고 아름다운 청년들이 모여들고
시계는 한 시간밖에 사용하지 못한다

분단의 해소 오늘의 출발
대한민국 육군 소위에게 암살당한 백범 선생님
전역을 면제받고 대위로 진급한 청년
신라는 일본에게 공물을 바친 적 없다

자주민족 일본폐지
무엇을 꿈꾸고 꿈꿔야 하는가

임시정부 100년
모든 권력은 국민으로부터 나온다

해빙기

눈을 감아도 보이지 않았던
어느 사이에 그대 있습니다

멀리 보일 만큼만 서 있는 그대
내 곁에 와 있습니다

혼자는 기억이 될까
묻지 않는 까닭으로
추억으로 찾아왔습니다

더 늦기 전에 잊혀질까
해빙기 강물 타고 왔나봅니다

아름다운 장면 하나
더 멀리 가지 않을 만큼
그리움으로 살고 싶습니다

이제 그대 없이도
그리워할 수 있습니다

블라인드 1

간밤의 어둠을 밀어내고
틈새로 들어온 햇귀가
조각으로 부서져 블라인드 안에 갇힌다

자리에 누워 심중에 말하고
가느다란 선을 타고 올라갈수록
거북이 등딱지처럼 갈라지고 터진다

햇살 한 조각 깊은 잔에 휘저어
재생하는 기억들로 답을 찾는다

시선 따라 거울과 마주 앉아
쓰고 지우고 밑줄을 긋는다

반복할수록 무엇인가 조각나
사방으로 흩어진 파편들
내 몫이 아닌 것 수거함에 버린다

갇힌 블라인드 지혜로 포장하고
등껍질 하나씩 벗겨
바람벽 붙잡고 내 몸을 태운다

블라인드 2

유선 타고 흐르는 구청(區廳)의 소리
궁핍한 자들의 우편함을 대신한다

바위에 부딪힌 모래알의 추락과
슬픔의 발효된 포말처럼
둥둥 실리어 가는 허공에 묻고 답하다
밀봉된 실핏줄이 터질 것 같다

움킨 것을 구기며
은밀한 곳에 엎드린
사자 동굴 속처럼
뜨겁게 응시한다

들어주는 이 없는 현실 속
눈을 밝혀 무죄로 깨어난 잔잔한 울림이

세상 밖으로 비춰주길 간절히 뒤집어보며
암막 블라인드 위에 시 한 편 올린다

느림의 미학

불암산 품은 푸른 신록
햇빛에 익은 바람 먹고
가느다란 살찐 숨소리로
느림의 미학을 배운다

영령의 빛에 수놓은 하늘 끝
올올이 엮어 6월 표지로 만든다
햇빛에 익은 바람도
세상이 없는 그림자도

그저 가슴에 남은
한탄할 그 무엇이 있으랴만
닫힌 세상 느림의 미학으로
고고(孤高)하게 열릴 것이다

남쪽 동백꽃

자연이 빚어낸 오솔길
붉은빛으로 한 땀 한 땀 수놓아
강 건너 뱃고동 소리 기다린다

꽃과 잎이 저녁 해와 맞추어
물안개 오른 가지 끝
강한 향내 오르고
강렬한 볕에도
빨간 외투를 입는다

그루터기 따라 정다운 미소
한 아름 안은 자태로 여린 잎 올려
남쪽 동백꽃 주단 깔고
꽃마루 펼친다

전단지의 하루

이른 새벽 담벼락에 부딪히고
방향 없이 서성거린 종이 한 장
집주인 손에 쥐어져 이끌려 나간다

행인들 뒷굽에 찍혀
몸살 앓는 전단지
새벽에 빈 상자를 나른다

서민의 하루 일당

요가

심신을 가라앉힌 안정된 자세로
흉식 복식 호흡된 병합
가슴으로 차오르는 호흡을 맞춘다

들이마실 때마다 내뿜는
반가부좌 자세
넓히고 모으는 무릎과 무릎 사이
금강좌자세
골반을 높게 하늘로 끌어 올리는
구름다리 자세

어깨와 허리돌림 유연성 따라
내려다보이는 척추 탄력성
안쪽과 뒤쪽 근육 인대 강화
고양이자세

반복된 확대와 축소된 호흡으로
곡선을 따라 순환된 땀방울은
늘어난 폐활량으로 오늘의 쉼을 가진다

윤주(玧周)야, 윤주야

임금의 밥상을 수라라 부르듯
시중드는 시종의 몸짓으로 하늘에 보답하고
천하를 호령하는 용상의 자리가 보인다

붉은 구슬을 꿰어 만사가 형통하라고
임금을 떠올리며 태어난 이름
하늘도 노래하고 영광을 드리운다

이름이 시(詩)이기에
나를 불러보는 시간을 두고서
문인의 삶 시맥(詩脈)의 탄생으로
우리는 큰 동체를 얻었다

그 무엇으로 보답할까
빛으로 날개 달아 윤주 이름으로 비상하리라
우주의 기운도 나를 거스르지 못하리라

부르고 싶은 이름

무거운 마음 내려놓고 싶을 때
저녁 강물 같이 들어주는
이름 있었으면

비어있는 악기처럼 울리지 않을 때
잔잔하게 내게 들려주는
이름 있었으면

오늘을 내일로 다 넘지 못하고
지쳐 있을 때
은하수로 다리가 되어주는
이름 있었으면

어둠 속에서도 함께 손을 잡고
먼 길 갈 수 있는
이름 있었으면

바람에 꽃잎 흩어지는 날
부르고 싶은
이름 있었으면

그 이름 그대였습니다

함께 걷고 싶은 사람이 있다

가지 말라는 곳에
길을 걷다가 나쁜 운명이든
좋은 운명이든 함께
걷고 싶은 사람이 있다

길이 끝나는 곳에서도
끝없이 길을 걷고 있는 사람과
함께 걷고 싶다

사랑을 말로 다 하는 사람보다
사랑으로 남아 한없이 길을 걷는
사람과 함께 걷고 싶다

무성하게 뻗은 나무를 심어 놓은 사람보다
마음속에 푸른 잣나무 하나
심어 놓은 사람과 함께 걷고 싶다

장맛비

푸른 하늘 밑 빛의 그림자
소중히 지켜온 잔잔한 강줄기
길을 덮고 산산이 무너졌다

새벽을 밀어내고도 바람에 부딪혀
오랜 세월 품었던 한마디 말을
후회 없이 부르짖는 외침이
아침이 되어서야 고요하다

흙이 마르고 웅덩이가 고여
속된 눈물의 양을 보고
혹독하게 울었으랴만
나는 너를 가슴에 품었다

자연은 수평으로 돌아가
구름, 바람도 하늘에 안부 묻고
햇빛은 흙으로 앉는다

숲속

올라갈 때 얕은 생각들
내려올 때 깊게 깨닫게 해주는 너

오늘을 그늘에 기대어 얘기하면
내일을 침묵으로 말하는 너

힘들어 걷지 못할 때
나무로 걸어와 손을 잡아주는 너

세상의 고달픔 피톤치드 호흡으로
흐르는 계곡 점을 찍어
싱그러움으로 다가온 너

너는 나에게 그런 의미야

잎새에 이는 바람에도
- 윤동주 시인을 생각하며

모진 풍파 속에서 독립한 민족을
희망으로 사랑한 당신
이 나라 이 땅에 영혼만 남기시고
어느 먼 나라에 계십니까

민족의 영혼을 제단으로 받쳐
하늘과 바람 그리고
시와 별로 노래한 당신

당신의 절절한 민족의 소망
내 영혼을 담아 한 줄 한 줄 시어로 꿰매어
그대 앞에 놓습니다

흰 옷자락에 실려
죽어가는 것도 사랑한 당신
잎새에 이는 바람 앞에
당신의 사랑을 배운 시 한 편
북간도에 보냅니다

길

밤을 건너온 새벽이 번져 있다
하늘을 가린 안개가 시야를 가린 채
어둠의 터널로 향한다

산만하게 살아온 길마다
가지런히 빗질되어 귓불에 내린다

꽃을 꺾어 품던 날 책갈피에 새긴다
촉촉한 여린 나뭇잎
긴 세월 동안 지혜로 모아져
무성한 새싹 돋아날
밑거름으로 돌아간다

흔들리는 나무 사잇길로 들어선다
바람 타고 들어온 유리알이
음표를 그린다

초행길 자유로를 따라

직선과 곡선 무법지대 소리

열정을 실은 만큼 속도를 내는 걸까

무언의 소리 밀봉된 삶

틈 사이로 뿜어져 나온

방사한 대형 트럭들

화재를 진화할 수 있는

간이 소화 장치다

구부러진 도로

윈도 브러시 사이로

희미한 유도선이 보인다

가을바람 등지고 달려온 길

첫눈

은빛 융단 깔고 바람 타고 내린다
불암산 산등선 둑길 그리움
마음보다 먼저 내려와 눈이 부신다

어이 알았을까
한잎 두잎 새겨온 시린 시
하나씩 지워 버리고
더 깊은 골짜기 위에서
투명하게 솟아나라
사뿐히 밤새도록 안는다

기다림을 기다리지 않기로 하고
천 길 만 길 소리 없이 한 달음 달려서
가슴으로 내린다

촉촉이 젖은 사랑 쌓인 만큼 아리고
여인들의 깊은 사랑 한껏 안고 내린다

가장 빛날 때 침묵으로 기다리며
그리운 마음 별빛으로 부서지고
귀한 손님 맞이한다

오카리나

고목나무 구멍 뚫린 채
시린 가슴으로 왔다

봄이 오기 전 붕대를 감아
제 마음을 채워줄 사람이라면
그대를 위해 내 영혼을 담은
소리를 내어주고 싶다

개화해 봄을 알리기 전
마르지 않는 눈물을 모아
비어 있는 내 가슴을 채워준다면
그대를 위해 열 손가락 올려
시 한 수 읊어 주고 싶다

내어주어도 아깝지 않은
어느 평온한 날
따스한 온기로 채워
호흡을 맞춰줄 사람이라면
그대를 위해 연주하고 싶다

세상에 없는 그림자

겨우내 삼매경에 빠진
세상이 다시 태어났으니
놀란 개구리 눈꺼풀 비비고
맑은 모습으로
세상 앞에 모습 드러내어

논두렁 밭두렁
고랑 물 고이게 하고
파릇파릇 보리들
봄 하늘 어루만지네

흙 비집고 나온 개구리
하루 멀다 하고 암흑으로 가는
한 사람 한 사람 위로하고
비틀거리는 수양버들,
풀밭에 엎드린 개구리
봄 하늘도 휘청거리네

맑게 깨어난 하늘이여,
우리 앞에 봄을 드러냈으니

바람과 찬란한 빛으로
우리 민족 암흑에서 해방되어
주인으로 살아가야 되는 것을

이 땅의 주인들아,
개구리 깨어났으니
산에 종다리 풀고
들에 푸른 아지랑이 춤으로
시냇물 흐르게 하여
푸른 하늘에 별 박히듯
노래 불러야지

인간 세상 다시 살아났으니
세상 살맛 난다고

잔

걸어온 세월만큼 보이는 너
감성과 울림으로 유혹하는
너를 채우고 나를 비운다

고즈넉한 북한강 시선 흐르고
지천명 뒤안길 홀로 저어본다

너를 감싸 안아 올려본다
향기를 음미한다
봄을 함께한 시간들
살며시 입가에 적셔본다

보이지 않는 상처에 소독이 되고
채우고 비우는 간밤의 자유
숨어있던 마음도
너를 안은 만큼 가볍다

아시나요

동장군 거리에 고개 들어보니
이제는 조금은 알 것 같습니다

보고 싶다고 다 볼 수 있는 것은 아닙니다
사랑이 깊어도 이유 없는 헤어짐이 있을 수 있고
받아들일 수 없어도 받아들여야만 하는 것이
있다는 것을 말입니다

잡고 싶어도 놓아야만 하고
그러기에 견딜 수 없는 아픔도
혼자 겪어야 한다는 것을

마음이 가는 대로
아무 노력 없이 움직일 수 있지만
아무리 노력해도
움직여지지 않을 수 있다는 것을 말입니다

아시나요
기억 속에 있을 때
더 아름다운 사람도 있다는 것을
가을이 가면 겨울이 오듯
기억도 이렇게 흘려보내야 한다는 것을

추억. 아픔. 아쉬움, 사랑
밤새 소복이 쌓인 언저리에
머무는 것을 어찌 막을 수 있습니까
이제는 소환해 보렵니다

흔들리지 않는 추

힘겹게 밤을 건너온 소리가
새벽을 깨운다

끓어오르는 불완전 연소
활화산 불덩이가 오르고 내린다
유독가스를 흘려보낼 수 있을 줄 알았는데
고이지 않게 할 줄 알았는데
산소 기능이 불완전하다

추가 역동적으로 움직일 때마다
뾰족하게 날을 세워 깊은 곳으로부터
용광로가 끓어오른다
틈 사이로 들어온 바람 때문인가
추는 바람벽에 기댄다

사람을 움직이게 하는 마력
저울질하는 움직임
자유를 넘나드는 좌 우뇌

더 이상 추는 흔들리지 않고
뚜벅뚜벅 내일을 걷는다

하늘빛 양귀비

걸어온 들에서 피었다
이름도 없이 긴 여정 끝

원줄기가 직립한 끝에
서서히 입술 열어
진홍 빛 향기 품었다

순풍 불어온 하늘빛 양귀비
나의 심장에 물들이고
불규칙한 삶 진정시켜주는
진통제로 왔다

하늘에는 뿌연 자국으로
설령 너를 보지 못할지라도
온음표로 실을 것이다

그리운 날

눈을 감아도 보이지 않았던
어느 사이에 그대 있습니다

멀리 보일 만큼만 서 있는 그대
혼자는 기억이 될까
추억으로 찾아왔나 봅니다

더 늦기 전에 잊혀질까
삶의 아름다움 주려
왔나 봅니다

아름다운 장면 하나 기억하며
더 멀리 가지 않을 만큼
그리운 날 살고 싶습니다

이제 그대 없이도
그리워할 수 있습니다

서랍

평범한 주말
불암산 자락이 보이는 앞으로
책상을 옮겼다

서랍을 열었더니
그동안 갇혀 있던
생각이 튀어나온다

방 틈 사이로 비집고 들어온
시간의 주름살을 펴고
가지런히 서랍을 정리한다

본능, 욕망, 환상, 일부 분리된 방어로
잠재된 기억을 찾아 채워간다

인류 앞에서

작은 미생물 앞에 흔들리는 인류
지구가 뒤집히고 있다
기업들이 해내지 못한
세금 낮추기, 무이자, 투자 기금 끌어오기
작은 미생물이 성취해 낸다

사회적 거리두기 캠페인
가택 연금된 시간
부모는 아이를 알아가고
아이는 가족과 함께 하는
시간을 알아간다

침묵은 연대성 가치를 알고
금수저 흙수저는 한 배에 타고
시장 물건, 병원 진료, 여가시간
불가능한 사회적 평등을 이루고

권력이 연대와 협동으로
우리는 누구인가?
가치는 무엇인가?

무엇을 할 수 있는가?

휴머니티가 무엇인지 묻고 답하는 섭리가
우리 앞에 드리울 때, 기다림을 직시하고

숨 쉬고 있는
우리 자신을 사랑하고 있다

시맥(詩脈)이여 영원하여라

한 줄 시어로 우주의 이치를 깨달으려
잉태한 산고 끝 탄생한 그 이름 시맥이여

구름도 바람도 소리높여 찬양하는 이 순간
문학의 맥을 다지기 위한 출발에서
우리는 무엇을 생각하고 있는가

21세기 우뚝하게 솟구치는 열망
전국에서 모인 시맥 문인들이여

아름다운 시심으로
모두가 하나 되는 그날
뿌리와 전통으로 대한민국 밝히리라

출발의 동선에서 예술을 전하니
시와 음악이 흐르고 다가서는 이
감출 수 없는 기쁨으로 성장을 말하노니

아 영원하여라 그 이름 시맥이여
보람과 긍지가 하늘을 감동케 하도다

산하에 제각기 융단 깔고
춤사위로 시어들을 기다리노니
지혜 찾아 그리움 전하는
한국시맥문인협회여
영원히 빛나는 별이어라

시
평

햇귀 같은 명징(明澄)한 시

오순택 시인·아동문학가

〈1〉 독자의 가슴에 진한 향기로 남는 시를 쓰는 시인

송윤주 시인의 시는 무겁지 않다. 그 가벼움은 나비 날개처럼 향기로 가볍다. 그래서 송윤주 시인의 시를 읽는 독자의 가슴에 향기가 진하게 남는다.

송윤주 시인의 첫 시집 『새벽을 깨우는 언어』에는 햇살로 짠 1백여 편이 넘는 시가 담겨있다.

제1부 「들꽃을 사랑한 당신」엔 아버지를 그리는 마음과 가족에 대한 이야기가 담겨있고 제2부 「시가 흐르는 곳으로」에는 시인이 여행을 하며 쓴 작품을 비롯, 세상을 그윽하게 바라보며 쓴 작품을 우리 곁으로 안내하고 있다. 제3부 「동심으로 그리는 우주 정거장」에는 시인이 아이들과 함께하며(국공립 어린이집 원장) 어린이들의 눈높이에서 캐낸 시가 고운 날개를 펴며 날아오르고 있다. 제4부 「풍차는 쉬지 않고 노래한다」엔 일상생활에서 얻은 진리를 담아 놓았다.

〈2〉 서정적인 미감을 율동적으로 그린 시

유빙이 유유히 흐르는 바다
어느새 푸른색이 도도하게 흐른다

황금 어장으로 불리는 장선포
바닷속 유기물 생명력이 흐른다

새벽에 차오른 언어를 머금고
갯바람과 마주하며
잠시 너에게 쉼을 토한다

하루 몇 번씩 밀물과 썰물이
마음을 훑고 지나간 자리
서녘 노을은 수평선을 삼키고
장선포는 그리움을 삼킨다

외딴집 동백꽃 붉게 타오를 때까지
마파람의 풍요로 차분히 사색하며
바람벽 둑길에서 보름만 시를 쓰자

고독했던 사람 행복하라고

별빛도 아스라한 새벽

밀물 위에 시 한 편 올려본다

－「새벽을 깨우는 언어」 전문－

시집의 첫 머리에 놓인 작품이다. 송윤주 시인은 남쪽 끝
자락 청정한 아름다운 반도에서 태어나 별과 풀꽃과 맑은
바람과 친구하며 어린 시절을 보냈다.

"새벽에 차오른 언어를 머금고/ 갯바람과 마주하며/ 잠시 너
에게 쉼을 토한다"라는 시구에서 보여주듯 서정적인 미감을
율동적으로 살려내고 있어 시가 감칠맛이 난다. 둑방에 앉아
그리움을 안으로 되새기는 시인의 잔상이 오버랩 된다.

"편지 한 장/ 하늘에 닿으면 좋겠습니다//(중략)//당신의 뒤안
길 눈물 모아 심어 놓은/ 순백에서 붉은빛으로/ 찔레꽃 무성
하게 피었습니다"「봄은 어머니 시린 가슴으로 와」(첫 연과 셋
째 연). 하얀 찔레꽃이 어머니의 가슴에선 붉은빛으로 핀다.

송윤주 시인은 아버지가 그리워질 땐 고향에 간다. 어머니
의 상처로 피어난 찔레꽃이 시인의 가슴을 더 아리게 한다.

"바람 불면 부는 대로/ 그냥 열어 놓으세요//(중략)// 세
월은 머물다 가지 않겠지만/ 당신의 사랑 머물다 가겠지요"
「사립문」(첫 연과 마지막 연). 그리고 아버지를 그리는 "산처럼
세상을 품으신 당신"이라는 시구는 독자들의 가슴까지도 아
리게 한다.

〈3〉 삶의 진정한 의미를 캐는 시

조선의 행정구역으로 불리우는 거리엔
사람보다 끌어당기는 마력이 있다

단아하고 우아한 오색 빛 거리
살아 숨 쉬는 전통문화의 장

매화꽃 줄기 타고
생명력을 불어넣은 나비 한 마리
능선 타고 온몸을 휘감아
붉은 생명력이 흐른다

잘게 부서진 희생 끝으로 탄생한
자개 보석함
오색 실선을 두른 자태
시선 따라 혼을 담는다

−「보석함」 전문−

조선의 여인이 쓰던 보석함에서 여인의 향기를 맡는다. 매화와 나비, 그리고 여인의 향기를 병치시켜 꿈틀대는 생명력을 탄생시킨다. 조선시대의 보석함은 천년의 시공간을 뛰어넘어 오늘을 사는 우리들의 가슴에 잔잔한 물결을 일게 한다.

"길 따라 봄을 손짓하는 봉우리/ 입에 물고 하늘가에 오르네"「하늘가 매화」 첫 연에서 보듯 겨울 눈 속에서 꽃을 피우는 매화에서 진정한 삶의 의미를 캐기도 한다.

〈4〉 여행은 또 다른 세계로 난 창

여행은 또 다른 세계로 난 창이다. 그 창문을 열고 나가면 거기 새로움이 있고 만나고 싶은 그리움이 있다.

"유네스코 크로아티아 자연유산 폭포/ 바라만 보아도 빛이 떨어지듯/ 바람 끝 잡고비단결 나린다"「벨리키슬람 폭포」 첫 연. "지중해를 자랑한 싸이프러스 가로질러/ 실오라기 하나 걸치지 않은 아드리아/ 갈급한 소식/ 강렬한 태양/ 온몸으로 휘감는다"「아드리아 바닷가」 끝 연. "율리앙 알프스와 카라반케 산맥으로 둘러싸인/ 고렌스카 마당에서 바라보는 숨이 막힌 전경/ 은빛으로 펼쳐놓은 블레드 호수/ 플레티나 보트 브레드성으로 노櫓는 날개를 편다"「묵언의 눈빛」 첫 연. 여행 시는 독자를 미지의 세계로 안내한다. 여행 시를 읽는 독자들은 발품을 팔지 않고도 그곳의 멋을 가슴에 담고 맛을 감지한다.

생각과 마음을 두고 왔다
생각을 채우고
마음을 비우는
너는 나의 빈자리

―「전철에 두고 온 빈자리」 전문―

4행의 시구를 4연으로 나눈, 아주 짧은 시이다. 그러나 이
작품의 행간에 숨겨 놓은 시적 이미지는 그 어떤 긴 시보다
많은 걸 생각하게 한다. 전철에 생각과 마음을 두고 온 내가
앉았던 그 자리에 어떤 사람이 와서 앉을까? 몹시 궁금하게
한 작품이다.

〈5〉 아이들은 순수, 그 자체이다

잘 익은 풍경
지혜의 웃음소리 들리고

차가운 떨림
아이들 웃음소리로
봄의 소리 들려온다

―「웃음소리」 전문

오르지 못한 언덕이라고 말할 때
꿈은 손을 뻗어 말없이 언덕에 오른다

고개를 떨구면서도 서두르지 않고
나뭇가지 푸른 끈 놓지 않는다

푸른 잎
손에 손을 잡고
꿈을 이끌고 바위를 넘는다

돌부리에 넘어져도 다시 딛고
천천히 쉬지 않고 그 꿈을 넘는다

－「아이들의 꿈」 전문－

송윤주 시인이 아이들과 함께 생활하면서 얻은 시편들은
아침 햇살로 짠 투명한 올이다. 「웃음소리」에서 보듯 아이들
의 웃음은 봄이고 순수, 그 자체이며 맑고 밝음이다. 그림을
그리려고 펴 놓은 하얀 도화지 귀퉁이에 방긋이 얼굴 내민
해님이고 아침 이슬보다 영롱한 눈동자는 반짝이는 별이다.
「아이들의 꿈」은 아이들에게 희망을 심어 주고 싶은 시인의
소망이 담긴 시이다.

〈6〉 깊은 우물에서 길어 올린 청정함

하나 되어 가는 감성 촉감들
꿈을 향해
보듬어 주고 안아주는 인생

멀리서 바라보지 않아도
그림자로 깃들어 좋다

기다리지 않아도
향내 머물러 있어 좋다

맘껏 꿈을 펼칠 수 있는
깃발이 있어 좋다

온전한 질그릇처럼
단단하게 만들어 가자

만남이란
서로를 바라보는
손수건이 아닐까

－「손수건」 전문－

물 한 바가지 부어주면 통째로 다 주는 마중물처럼 송윤주 시인의 시는 청정하고 상큼하다. 달빛 푸른 저녁 풀숲에서 시를 읽고 있는 풀벌레처럼 송윤주 시인의 시를 읽고 있으면 가슴에 연둣빛 물이 든다.

송윤주 시인은 첫 시집 『새벽을 깨우는 언어』의 시인의 말에서 〈어려서부터 산과 바다를 보며 자연을 통해 감성을 키웠고, 어머니의 섬세한 사랑으로 시어를 통해 산고의 고통을 배웠다. 어린 시절, 자연을 동경하고 문학을 꿈꾸는 소녀로 운율과 압축으로 풀어가는 춤사위를 그렸다. 걸어온 뒤안길 내면을 담아내는 시어들로 인생을 노래했다〉고 술회한다.

송윤주 시인의 첫 시집 『새벽을 깨우는 언어』의 어느 갈피를 열어도 접시꽃 같이 발그레한 시의 향기가 독자의 가슴으로 날아든다.

송윤주 시인이 맑고 투명한 눈으로 사물에서 꺼낸, 햇귀 같은 명징한 시를 읽는다는 것은 즐거움이며 행복이다.